조용한 폭발

지은이의 황금알 저서

침묵의 여울(2016)
이수익 시전집(2019)
조용한 폭발(2020)

황금알 시인선 211
조용한 폭발

초판발행일 | 2020년 6월 19일
2쇄 발행일 | 2020년 10월 10일

지은이 | 이수익
펴낸곳 | 도서출판 황금알
펴낸이 | 金永馥
선정위원 | 김영승 · 마종기 · 유안진 · 이수익
주간 | 김영탁
편집실장 | 조경숙
표지디자인 | 칼라박스
주소 | 03088 서울시 종로구 이화장2길 29-3, 104호(동숭동)
전화 | 02)2275-9171
팩스 | 02)2275-9172
이메일 | tibet21@hanmail.net
홈페이지 | http://goldegg21.com
출판등록 | 2003년 03월 26일(제300-2003-230호)

ⓒ2020 이수익 & Gold Egg Publishing Company Printed in Korea
값은 뒤표지에 있습니다.
ISBN 979-11-89205-65-2-03810

조용한 폭발

이수익 시집

황금알

"대장간에서는 모든 것이 거칠다.
 망치, 집게, 풀무 등이 등 이 모든 것들이
 심지어 쉬고 있는 순간에도
 강렬한 힘을 내뿜는다."

바슐라르가 한 말이다.

가만히 있어도 내면의 충격을 어찌 할 수 없는
시인은 불행하다.
그리고 행복하다.

2020년 봄
이수익

차 례

3부

4부

1부

포커페이스

고양이가
이 세상에 얼굴을 드러낸 지는
4천여 년 전의 일이라고 하지만

고양이는 그것을
제 자신이 전혀 모르는 일 같기도 하고
또는 알면서도 그저 모르는 척
할 수도 있는 것

그렇게 고양이는 전혀 포커페이스의
은밀한 양동 작전에 휘말린 채 허우적거리는
우리들을
찬찬히 바라다보고 있는, 그 민첩한 교활성
때문에

나는
고양이가 좋다
고양이의 우아한 발톱과 유혹적인, 날 선 눈빛
캄캄하게 내부를 숨겨둔 채 하얗게 피어오르는 교만함과

질투, 앙칼스럽지만 상대적으로 외교적 처세법을 터득한
고양이에게
나는
최고의 훈장을 수여하고 싶다

모두들 그럴듯하게 말하는 것만
믿어대는 우리 바보들에게
고양이, 너의 화려하고도 세련된 기품을
전해주고 싶다

생존

악에 받친 듯이
독을 품고 커다랗게 입을 벌린 족속, 아귀
아귀는

죽여 달라는 것이다
아니, 살고 봐야겠다는 것이다

낚싯대에 걸려든
이 치욕스러운 순간이
허망하게 단 한 번 칼질에 쓰러져
버리기에는

너무,
너무나도 억울해!

강한 이빨로 생존을 위하여 몸부림치고 있는
경골어류
한 마리가
하얗게 악을 쓰면서 소리치고 있다, 병원

중환자실
그 어느 자리에서인가
40대의 젊은 가장 한 사람이,

잠시 지나가는

알아들을 수 없는
비명들이 울려 퍼졌다
귀신이 앞을 가로 막고 선 듯
날카로운 속성의 끔찍한 징후들이 몇 초간
이어졌다

액자 속의 여자가 하얗게
웃었다

나는 그때야 고개를 내밀고서
난간 저 아래로 굽이치는 사람들의 물결을
바라보았다
검은 상복을 입은 무리들이 춤추며 노래하다가
서로서로 어울리는 모습들이
대낮 같았다

처음으로 꽃들이
물들면서
환히 피어났다
머무르지 않고서, 잠시 지나가는

나를 낳으실 제

사기그릇처럼 깨어진
삶에는
하나하나 맞출 수 없는
놀라운 오류가
끼어 있다
침대에는 방향을 기록하는 장치가 그대로 있어
엄마가 나를 낳은 날은 언제이며, 내가 방바닥에서 일
어설 때는
언제이고, 내가 탁상 위의 꽃병을 깨트린 날은 언제인
지 등을
알뜰하게 챙겨주는 수호신 같은, 그런 조력자가 필요
한 것이겠지만
이미 나는 부서져 내린
사기그릇
맞출 수 없이 깨어진 틈 속에서, 젊은 날
아버지 어머니의 거룩한 침묵의 밤이
고여 있다

돌멩이 하나

슬픔에 깊숙이
얼굴을
기댄

죽음과는 밀교처럼 성스럽게
하나만을
이룬

최후의 얼굴이
바로
이것이라는 듯,
살과 뼈가 고스란히 맞붙어있는

절대의
벽!
절대의
고독!

그리고

절대의
침묵!

저 불붙은
돌멩이
하나

벼랑 끝에 잠들다

이젠 떠나가리, 믿고 약속했던 허망한 욕구여, 슬픔이여

나는 잠들어
저 높은 하늘 끝 벼랑 위에
편안한 휴식의 자리처럼 황홀하게도 부풀어 올라

안온하게 꿈꾼다
저녁별처럼 찬란하게 빛났던 저 어둠 한가운데에서
끝내 나는
백비白碑를 세우리

여름 지나면 가을, 가을 지나면 겨울,
그리고 봄,
나는 죽음에 길들지 않은 견고하고 투명한 입자가 되어
하늘에 섞일 것이다, 따로 또한
같이

너무나도 많은 빛 과분하게 져서
돌로 머리를 깨뜨려도 피처럼 살아 있을 평생의 죄

머얼리 구름에다 띄우고
나의 이력履歷 분분히 흩어져 갈 때

잘 가라, 믿고 약속했던 허망한 욕구여, 슬픔이여,
그리고 새로움이여

성계

뾰죽뾰죽 성게는 살아 있어
나는
숨죽인다, 닿으면 화를 입을까 봐
첨예하게
움츠린다

적을 향해
야행성처럼 어둠 속으로 길게 뻗어 나간
끝없는 너의
살의가

반쯤 쪼개진 두개골을 어루만지면서
파먹을 때의, 여리디여린
샛노란 알들의
그 맛은

최상과 최하를 하나로 묶어주는
지극한 묘미

성게,
달콤한 각성이 불타오르고 있는
내 혀의
끄트머리

괴물

괴물이 지나간 적이 있어
본 적이 없지만,
확실하게
얼굴부터가 흉물스럽게 생긴
거대한 몸짓을 지닌
팔다리가 자유자재로 흔들리는
괴물, 그렇지만
난 아직 괴물을 본 적이 없어

만약
괴물이 순식간에 나타나서
악악, 소리를 지르면서 달아나는 나를
위협적으로 덤벼드는 그 공포의 한 지점을
기억하기만 해도 소름 끼칠
그런 악몽인데

난 아직 괴물을 본 적이 없어
괴물은
다만 괴물일 뿐이야

정면으로 눈 뜨고 당신이 바라본 그 자리에
혁명처럼 크고 우뚝한 흉물 하나가 서서 노려본다면
도망치고 싶겠지, 나는 다소 희극적으로
사라질 거야

난 아직 괴물을 본 적이 없어
추상적으로 우리끼리는
서로서로
얽히면서

누드화

꼼짝 마!
한 장의 그림이 걸려 있다

에곤 실레의 소름 끼치는 누드화 한 폭이
벽면 한가운데 자리 잡고 있는,
그동안의
나는

너무나도 솔직하게
때론
엄숙하게
몸이 마르는 듯, 하얗게 창백해진 기분으로
수음을 흘린 채 내보내고 있는

열대여섯 살짜리의 더듬거리는 고백이
얼어붙는다
한 쌍의 남녀가
떨어질 수 없이 파멸의 구렁텅이 속으로
깊게 들어서고 있는

1910년대 그 무렵,

깨끗한
절망의 한 시절

죽어도 좋아

두근거린다, 지붕과 지붕이 함께 솟아오르며

미칠 듯이 초록의 평원 위에다 새들을 풀어주면서

죽어도 좋아! 기쁨과 환락을 마음껏 들이키는

이 위험한 자유,

치명적 언약,

최초의 봄날처럼 이렇게도 활짝 피어서 있는

두 사람의

한 몸

움직이는 사막

모래는 부서져 내린 바윗덩어리에서
사라진 황금의 시절을 희미하게나마 떠올릴 것이
아니라, 모래는 지금도 거룩하게 살아 있다는
그래서 펄펄 날아오르는 전신의 기백이 모래 벌에 가
득 차게 흘러넘치는
무한질주의 쾌감으로 구비치고 있음을
한바탕
보여 주려는 듯이

사막은
살아서 대기층에 더 가까워지려는 듯 거대한 몸부림으로
꿈틀거린다 보라, 어젯밤을 씻어버린 듯 붉은 모래알
들이
바람결을 따라 새로운 지평을 열며 끊임없이 소리친다
우우우,
거칠게 성난 폭주처럼 밀려가고 밀려오는 바람들이 새
로운 성을 쌓고
오래된 성을 무너뜨리는, 또 한 번의 변주가 순간을
위대하게 만든다

거침없이 타오르는 불꽃들이 광야를 휘몰아치면서 기
괴하게도
물들인다

방울뱀들이 미끄러운 곡선을 그리며 모래 틈 속으로
사라졌다가, 놀란 듯이 붉고 흰 꽃으로 활짝 피어나고
커다랗게 부푼 유방과 허리, 엉덩이를 빼닮은 굴곡진
언덕들이
순간을 잠시나마 지배할 따름이다 건조한 열풍과 기습
적인 뇌우가
펄럭이는 사막에는 살 것은 살고, 또한
죽을 것은 죽는다
엄숙한 신의 계시가 내려진 듯 낙타와 사보텐처럼 그
렇게
치열한 생존 경쟁이 너희에게는 있다

오늘도 사막에는 숨찬 바람결이 새로운 지각을 만들면
서 공중에다
모래폭포를 흩뿌린다

또다시 붉은 모래들끼리의 사투는 현재진행형으로
끝없이 허물어지는 사구 속에 푸르게 눈 뜨는, 빛나는
존재가 있다는 사실을
알게 되리라 사막은 지금도 불타오르며
살아 있다

불가사리

항문이 솟아올랐다, 그리고
입은 바닥에 숨어 있다
내가 싫어하는, 그리고 너도
싫어하는, 저 붉디붉은 괴물
불가사리

험악하다, 입이 조개를 물 때
다섯 개의 팔이 오그라들면서 움직이지 못하도록
흡입하는 그 장면이
유독 징그럽게
떠오르는 것은

불가사리,
너의 붉은 가면에 숨겨진 치밀한 독기가
그만 나를 압도하기 때문이다
울퉁불퉁한 깔판이 거북하게도 나를
위협하기 때문이다
다가설 수 없는 섬뜩함이 너에겐 있다

치명적으로 붉게 타오르는
불가사리,
지금 내 마음의 어떤 부위를
갉아먹고 있는 거니?

생명

빛이 번쩍이면서
떨어졌다
우리는 입을 벌리고 고요히
웃었다
빛이 떨어진 자리에서는
정교한 화음 같은 것이
울려 퍼졌다
사과 한 알이 커다랗게
부서져 내렸다
그 하나의 거룩한
존재

골목길

네가 사라져버린 좁은 그 골목에
일 년이 가도 십 년이 가도 변치 못할
기념비 같은 내 사랑,

혹
나타날까 봐

처연하게 온몸에 비를 맞으면서 기다리고 있는
이 마음

벙어리 같은, 치욕 같은, 몸부림 같은 내 사랑
그 골목길 끝에서
울고 있네

2부

자두, 굴러가는 생각

자두는 굴러서 식탁 모서리로 간다 여름날 채광이 환한
빛살 속에서 자두는 굴러갈 방향을 궁리하는 듯, 잠시
멈춘다
나의 손이 재빠르게 그 앞을 가로막는다 위험하게도
불안이
폭발할 것처럼, 나와 자두의 거리는 한없이 좁다 식탁
모서리에
어두운 위기가 밀려온다 그사이를

자두는 거리를 재고 있었던 것 같다 가야 할 거리가 얼
마쯤인지,
이렇게 멈추고 있는 자리에 검은 사제복을 입은 신부
가 미소를 흘리면서
걸어 나온다 나는 불룩해진 성욕을 짓누르며 겸손하게
도 무릎을 꿇고
하늘을 향해 경배를 드린다 자두는 붉은 치욕을 한 모
금씩 뱉어내면서
나의 손아귀에 사로잡힌다 참을 수 없이, 나는

위기를 조금씩 벗어나고 있는 것 같다 하루살이처럼 애끓는 마음으로

 무너져 내린 돌들을 옮겨 놓아야겠지 돌 위에 돌, 돌 밑에 돌, 돌 옆에 돌,

 돌들이 서로 섞이니깐 만만한 기분이 들어서 좋다 나도 이젠 흙이 되어

 돌들을 가득하게 품어주는 따사로움이 될 거야 자두는 금세 쾌활한 빛깔을 띠면서

 물컹하게 내 입안을 적신다 뜨거운 여름이 한껏 부풀어 오르면서

하얀 얼굴

차체의
거꾸로 뒤집힌 몸통 사이에서
부글부글 타이어가 끓어올랐다.
입을 움직이지 못하는 폐인이 된
여자 하나가 노오란 하늘 끝을 향하여
혀를 말렸다
성급한 나는
이긴 사람과 진 사람을 구분 짓지 못해
낭패의 시린 잔을 거듭 기울이는데
어쩌면 거짓말같이 하얀 얼굴을 지닌 천사가
무뚝뚝하게 나를 향하여 걸어왔다
그리고는 잠시 지나가 버렸다
꿈이었나, 아니
생시였나

가벼워!

나는
아내의 엉덩이에 손을 갖다 댄다
아내는 나의 엉덩이에
손을 갖다 댄다

가벼워!

새하얗게 쏟아지는 아침 햇살이
조금씩 우리의 몸을 일으키려고

누군가의 손바닥이
떠받치는 듯이

게으름만이 즐거운 하루
그리고 또
하루

각본

바보처럼 너는
내게로 떨어져 내렸지
순식간에,
차마 순식간에
내 가슴 안쪽으로 파고들었지
끼익, 하는 자동차의 브레이크를 손댈 틈도 없이
히히히, 바보처럼 내 품 안에 안겨들었지

원하던, 원하지 않던 그것은
누구도 예상치 못했던 일
달리는 차 안에서 뜻밖에
충격적인 음모를 뒤집어쓸 줄이야 누가 알았으리
자동차는 그리고 당신은, 왜소하게 엉클어진 채
땅속으로 처박히는 모습을 보였으니
허허허, 우습고도 슬픈 각성이 나를 몰아쳤네

수많은 사람들이
지하에 갇혀버린 너의 비극적 실황을
안타깝게 속절없이 바라보기도 했겠지만

글쎄, 왜 이런 사건이 발생하는지에 대해선
정확한 진단도 없이 그저 우물쭈물하는 일만 남았는데
히히히, 우습다 내가 지하에 파놓은 기묘한 함정을
사람들이 이해하지 못하도록 이미
짜놓은 걸 제대로 알려는지!

싱크홀, 거대한
나의
심복이여

고래

고래는
바다 깊숙이 빠져서 흘러갈 때는
고래는 무기명無記名의 흔적일 수 있고
소속이 아예 빠져서 지워질 수도 있다
고래는 허무 가까이서 잊힐 수도 있겠다
그렇지만
고래는
갑자기 분노의 침을 얻어맞은 듯
우쭐우쭐하다가
하늘을 향하여 거친 수면을 뚫고 솟구쳐 오를 때가 있다

번개처럼 전류에 몸을 감싼 듯
단 몇 초간, 바다 위에 그 모습을 드러낼 때가 있다
이때 고래는
살아 있는 존재의 우월감을 한껏 뽐내면서
싱싱한 야생의 이름을 하늘에다 새겨놓고 싶은 것이다
단 몇 초간,
바다 위에 생명의 환희를 빛내주고 싶은 것이다

거대한 포유동물의 기백을 완연히 보여 주려는 듯
바다 아래를 흐르고 있는
고래

오라, 겨울이여

떨어져 내려라, 너희

잎새들이여

햇빛 속에 환히 비어 있는 나뭇가지의

조형미여

찬바람 눈보라 몰아쳐도 결코 젖지 않을

견고한 나무들

체격이여

아마 그때쯤, 땅 밑에서는

서서히 용암처럼 솟구쳐 오르게 될

뜨거운 피의

결집이여

겨울은

마침내 우리의 불굴의 투사들과 함께

지하에 벙커를 이루면서 붉디붉은 춤판을 벌일 것이므로

오라, 겨울이여 거침없이

숨차게 오라!

침략군처럼 오라!

숙취

거대한
사내의 숨을 몰아주고 내뱉는
어지러운 숙취가
밤을 흔든다
풀어헤친 옷자락, 가슴에서 쓸어내리는
불어터진 말들, 허무의 최정상에서 곤두박질치는
한없이 비굴해진 무릎들, 그리고

조금씩 어둠이 고개를 숙이며 찾아올 때 와락 끼어드는
관절이 끊어진
어휘들,
– 무슨 소리를 하는지 모르겠어요, 살려주세요, 제발
살려주세요

다급하게 얼굴을 돌리자
마루 위로 굴러떨어지는 황금빛 나는 괘종시계,
불안하게 옆으로 휘어지는 하얀 꽃병, 책들이 제멋대
로 땅바닥에
실신하듯 흘러내리고, 차가운 벽돌끼리 파열음을 내면

서 부서지는데
　－ 살려주세요, 제발 살려주세요, 무엇인지도 모를 공
포가
　바로 지금 이곳에 와 있는데…

　아직
　사내는 혼돈에 겨워
　간밤의 숙취에서 깨어나질 못하고 있다
　분노처럼, 머나먼 대륙을 향하여 울려 퍼질 우레처럼
　잠은
　불온하고도 깊다 잠시 후 처음처럼

　아득하게 여진이 밀려온다

터전

어두운 곳에서
다크 서클이 흘러내렸다
지팡이가 눈먼 노인을 끌고 가듯이 어디론가
정처 없이

흘러가는 그곳으로
흘러가 버리면 될 일이었다
몸과 마음이 하나로 텅 비어 있는 상태에서
하염없이

썰물이 지나간 자리에는
평온한 고요가 나부꼈다
통, 통, 튀어 오른 적막만이
가득했다
밤하늘 별빛이 넘치도록 쏟아져 내렸다

나는 당신에게 쓸 말이 그리 없군요
그래서
얌전하게 고개 숙인 하얀 편지지를 부칠게요

당신도 나에게 암흑처럼
검은 봉투를 보내주세요

우리는 일치한다, 50년 세월을
함께 지내며 싸우고 이기고 지면서
알아버린 장소가
마침내
조약돌처럼 반반히 다져진 터전이라는 것을

그리고 우리
힘없이 서로에게 속박되고
의존하기만을 믿으면서

차디찬 손

보름달이 떴다

가 닿을 수 없는 거리에

당신은 사라졌다

하늘 위에 보름달이 커다랗게 부풀어 가혹하게

나를

압박한다

나는 비명을 가득히 물고 쓰러진

천애의 고아

짐승처럼 울고 싶다, 미쳐서 울고 싶다, 억울해

울고 싶다, 가을밤 허무하게 적시는 이 달빛

속에

주검처럼 희고 차디찬 손이 떠오른다

내가 만질 수 없는

적막한 시의

한 줄기

담배는 달다

담배는 달다
그윽하게
당신을 향해 바치는 몸과
마음이
하나로 묶어져,
타오르는 불꽃과 하얀 재 속에
끊임없이 애정을
쏟아붓는

담배는
마지막 순간 자신을 빨아들이는
그 흡입이
눈물 나게도 미쳐버릴 것만 같아
이처럼 애끓는 사랑을 하게 되는데

그렇지만
담배는
한숨 지우며 서로 멀리 떠나 있어야 할
잔혹한 진실을

바로 우리 눈앞에다 보여주는 것

담배는 달다, 그렇지만
담배는 죽음처럼 쓰라린 고통을 남겨줄 수 있는
두 가지 극단에 매달린 채
울부짖어야만
하는

너무나도 머나먼
그리운 당신

희수喜壽*

호되게 따귀를 맞아가면서 배우는 것은
아이들만이 아니다
시인도 마찬가지이다**

이젠 따귀를 때릴 사람도
주위에는 없고
맞기에는 내가 너무 나이가 들어서

허무한,
희수喜壽의
잔칫상이여

* 나이 만 77세를 일컬음
** 프랑스 소설가이며 시인인 마르셀 프루스트가 남긴 말

56

동성애자 1

침묵은 다디단 액체처럼 내 입안을
적신다
아무런 말도 없이,

동성애자끼리의 물리칠 수 없는 결합이
서로의 어깨를 끌어안고서 그 자리에
쓰러진다
아무 일도 없다는 듯이,

고요가 흘린 침 사이로 당신이
지나간다 연거푸 내가 지나간다
얼굴을 하얗게 뒤집어쓰고 있는,

지금
이 순간!

동성애자 2

나에게는 말할 수 없는
현재가 있다 그것은 이미
과거로부터 허락받은, 미래로 나아가게 될 유산 그리고
업적, 그러므로 우리는
서로서로를 존중한다

탐미의 눈길로 조용히 바라다볼 것
크고 부드럽게 전신을 감싸듯 욕망을 자제하며
당신을 지킬 것 어떤 외부의 침략에도 견고하게 나의
주장대로 벽을 세울 것 우리 둘만의 고통과 기쁨이 넘
쳐 올라
외부를 지배해 나갈 것, 그리하여

우리는 달콤한 유혹의 샴페인을 터뜨리고 자유로움을
갈망하며 서로의 애무를 받아들이고 또는 어지러운 체
취에 휘말려
한숨 가득히 열애의 순간순간을 누리기도 하지만, 정
직하게도
우리는 오로지 단 하나뿐임을 몸소 체험하면서 즐기는

동성애자! 다른 사람들이 미워하는 것을 사랑하고 다른 사람들이

  좋아하는 것을 미워하며 끝까지 이 세상에서 살아남을 것,

  눈 밖에 지워지지 말 것, 그래서 어두운 발걸음이 젖어 드는 길모퉁이에

  세워진 조그만 빈집 하나쯤 되어주는 일

  다만 그렇게,

자존심

차디차고 냉정한 기류가 우리 둘 사이를
갈라놓았다 이리될 줄 몰랐지 위험한 칼 같은
저주와 냉소가
우리의 벽을 두껍게 만들었다 미리 피할 수 있었을
것을, 그렇게

함부로 남의 결점을 말하지 않았더라면
좋았을 텐데 나도 너의 비밀을 숨겨주었어야만 했는데
그날따라 그만 내 입술이 내뱉은
교묘한 황홀감에 취해서 중얼거린 것이
그 결정적 이유

조금만 참으면 되었을 것을,
이를 꽉 악물고 후회해 봐도 소용없이
썰렁한 찬바람 속에서 홀로 벌거벗은 몸을 드러내놓고
있는
나는
두껍게 벽이 된 얼굴에다 금 간 마음을 어루만지는

허망하고도 슬픈
내
자존심

3부

그런 새벽에

긴 혀로
나는 새벽을 핥는다, 길 잃은 고슴도치처럼
헛되게
아주 헛되게

떠들썩한 무리들이 방금 지나갔다

언제지?
기억 속에 남아 있는 메모들을 한없이 끄집어 내보아도
바보처럼 손에 잡히는 것이 없는, 치사한 얼굴로
몰릴 것 같은
그런 새벽에

나는 왔다

이제는 돌아가지 않을 것이다, 굵은 소금을 뿌린 듯
황폐한 도시는 바로 나의 것, 죽음처럼
치열한 공포를 안고서

비겁하게
생애를 핥을 것이다, 낡은 벽지를 뚫고
어둠과 어둠을 헤쳐나가듯
조금씩 나의 이름을 지우면서, 애써 조금씩 깨달으면서

폭파된
시체 하나 내 곁에 와서 누워 있다
소름 끼치도록 나는 온몸이
떨고 있다!
그러니까 지금 나는

살아 있는 것이다

사라졌다

새롭다는 말과
새롭지 않다는 말
사이에

어중간한,
표현하기 어려운, 난세亂世의
표적이 되어 있는
그가

웃음도 아니고 울음도 아닌,
불길한 표정을 지으면서
밖으로 한 발자국
걸어 나오는
순간,

성급하게도 나는 누른다, 한 커트
한 커트
얼굴에 붉고 희고 검푸른 자막을
읽어내려는 듯,
그의 벗겨진 대머리 속에서 떠돌던 모호함의

66

정체를 셔터로
찍어내려고 하지만

그렇지만 나는 사실
새로운가,
새롭지 않다는 말 사이에
끼어서
끼어서
허덕이는 동안

금방 그가 사라졌다
포토라인에 나를 남겨두고 어디론가
급히 피해버린 것이다
이런
빌어먹을 것들!

나는 추하게 버려져 있을 것이다
비천한 거리에서 희미하게
눈을 뜨면서
다만, 이렇게라도

빚

나는
빚이 많다
이 한 몸 송두리째 빚의 천지다
정수리부터 발밑까지 덮어써야 할
천만금 빚의
투성이다
하고 싶었던 욕망은 레일처럼 길게 뻗어 나갔지만
뻗어 나간 그 끝에 이루어진 것은
아무것도 없다

텅 비어 있는 시詩의 껍데기

그래서 나는
빚의 하수구다 빚의 오물처리기다 빚의 폐차장이다
엄청난 빚의
채무자다

죄 많은 인간의 심정으로 고백하건대, 나는
붙들려서 온 시詩의

부역자
허망의 돌을 깨부수면서 온몸으로 우는
나의 울음 속으로

또한, 그렇게 하루는 가고…

클로즈업

맹견 한 마리가,
맹견 두 마리가,
맹견 세 마리가,
험악하게 아가리를 벌린 채
쏟아질 듯 앞으로 질주한다
헐떡이는 혓바닥은 혓바닥끼리 내버려 둔 채
물어뜯을 적을 향하여 진격한다

오로지 입 하나만이 가득해!

맹견들이 달려들 최후의 공격 지점은
견훈련소 저 끄트머리에서 펄럭이는 색색 고무풍선
몇 토막,
고무풍선들의 입술이 새파랗게 질린 채
하늘 위를
떠돌고 있다

맹견들이 스치고 지나간 그 자리에는
타래난초 분홍색 꽃이

찔끔,
피어 있다

귀머거리

귀머거리 한 사람 간다

귀머거리, 귀머거리

두 사람 간다

귀머거리, 귀머거리, 귀머거리

세 사람 간다

귀머거리들끼리는 서로 모르는 사이

귀머거리들끼리는 서로 잘 아는 사이

귀머거리끼리 하얗게

늙으면서 간다

귀머거리끼리 벌겋게

불타오르면서 간다

귀머거리끼리, 귀머거리끼리, 귀머거리끼리

참으로 무식해서

좋은 세상

아마도 그럴 거야

며칠째 우리의 잠을 설치게 했던
그놈이 드디어 붙잡혔다
커다란 물통 속에 내던져진
표독한 짐승이 날카로운 이빨을 드러내며
으르렁거린다,
최후의 예감을 느낀다는 듯이

'그러니까 니놈도 한번 죽어봐야지'
아버지는 호기에 차서 그렇게 말했고
어머니도 누나도 나도 신념에 찬 말투로
그것이 옳다고 말했다

캄캄한 밤중에 천장을 제멋대로 굴러다니면서
소음과 진동을 새까맣게 피워 올리던 그 녀석이
천장 한쪽에다 구멍을 내고 몰래 장롱 위로 떨어졌다가
이젠 땅바닥까지 슬그머니 내려와서는
우리의 가슴에다 불을 질렀다

가족들은 빗자루며 부지깽이, 낡은 책으로

놈이 나올 곳에다 왕방울 같은 눈을 부릅뜨고
쏘아보았다 언젠가는 재빠른 놈이 피신해갈 그 입구를
지킨다는 그런 굳센 믿음으로
눈앞을 하얗게 주시하였다

바로 그때,
아버지의 빗자루가 번쩍 날아올랐다!
두 번, 세 번, 내리치는 아버지의 힘찬 기합 속으로
녀석은 파랗게 일그러지면서 덜덜 떨리는 몸을
제대로 가누질 못하는 것이었다

'하하, 이젠 니놈도 숨넘어갈 때가 되었구나'
아버지는 호쾌한 표정을 지으시며 웃었고 어머니도 누
나도
그리고 나도
억울하게 물통에 갇혀서 숨을 할딱이는 놈을 들여다
보며
개새끼! 라고 욕하면서 폭소를 터뜨렸다

이젠
아파트에 살고 있는 우리 집 아들과 딸은
참혹한 이런 밤을 옛날얘기쯤으로 건성 대면서
듣고 있겠지, 아마도 그렇겠지,
우리가 믿는 이 고전적 책임감에 대하여

어머니

어머니는 나에게
천수관음이다
언제나, 어디서나, 내 그림자를 몰래
밟으신다
귀를 열고 내 숨소리 하나하나 죄다 들으신다
손이 천 개로도
부족하시다

나는
어머니에게 무간지옥의 형벌을 덮어씌웠으니
죽어서도 어머니는
결코, 죽지 못하신다

나의 자유

저 집들은
구중궁궐이다
우뚝하니 서서 아래쪽을
아득히
굽어보고 있다

나는 저 집 밖을 기웃거리지 않으리라
고개를 꼿꼿이 세우고서 엄숙한 채
지나가면서 다시는
뒤돌아보지 않으리라, 무정하게도

성북동 또는 한남동 근처에 있는
완성된 성곽처럼 하늘을 높이 받들고 있는 집들은
과연 민주주의적이다, 가진 자와 안 가진 자를
뚜렷하게 구분하려는 듯
그들만의 세련된 기품과 차가운 냉정함을
깊이 유지하려는 듯이,

나는

눈먼 개처럼 멀리 떨어져서
지나온 길들을 따라서 거듭 전진할 것이다
나의 자유가 바로 거기에 있다는 듯,
외면外面을
치장처럼 휘날리면서

잡초

나는 생긴 대로
이렇게 논다
제멋대로 불쑥불쑥 솟아나서
한판 크게 싸워도 보고, 죽도록 피 터지게
얻어맞아도 보면서
야생의 거친 맛을 길들이고 있다

나는 수족관 안에
갇힌 물고기가 아니다
온실 속에서 지내는 여린 식물이 아니며
들판에 무리지어 피어나는 아름다운 꽃말 그 이름으로
나를
구속시키지 말아다오
나는 언제나 수직을 향하고, 또는 수평을 향한다
거칠 것이 없이 천지사방 뻗어 나가면서
새파란 진초록의 향기를
확,
뿜어내보고 싶은 것이다

잡초
그러므로 이제 나는 왕!
왕의 자리에 오른 것이다

모서리가 불안해

회양목 집단이 화단을 둘러서 가고 있다
자라는지 마는지,
늘 고만고만한 것들이 아랫도리를 적시고 있다
키가 큰 감나무와 대추나무, 장미, 배롱나무는 하늘
끝으로
날개를 펼친 듯이 날아오르고
아파트 계단을 향해 수상한 냄새를 퍼뜨린 듯 퍼져나
가는
적막의 냄새만이 그득하다
오후 3시면 조그만 자전거를 타고 우편배달 하는 체부는
오늘따라 무소식이어서 무슨 변고가 있는지 잠시 의심
해보는 것인데
환한 그림자 속에 늘어선 부동산 중개업소, 약국, 제
과점, GS25 등은
할 일이 없어서 그저 입안이 심심하다
회양목 집단이 슬그머니 내려다보는 지금
이 세상은
이렇게 무사한 하루로 남는 것도 제법 기분 좋은 일만
같은데

어찌할까, 한가롭게 뻗어 있는 나의 등허리 어디쯤인
가를
　날카롭게 찔러오는 일침—針
　비수 하나!

몇 마디

'좋아요, 사랑해요, 미워요'
단지
몇 마디면 된다

이 몇 마디에 따라서 울고
웃는
계집애

바보, 멍청이, 요부…

오, 참을 수 없이 불타오르는
미칠 듯한

내 사랑

떠나야 할 당신

9월이 오면
떠나야 하는 이여,
나에게 너는 아무런 죄가 없고
너에게 나는 아무런 죄가 없으니
우리는 그야말로 무죄,
무죄

그렇지만 너는 나에게 얼굴을 들지 못하고
부끄러운 양 고개 숙이는 그 모습을
그저 안타깝게, 애달프게 바라보아야 했으니
무슨 업보가 그리 심한가
한평생 고개 들지 못한 채 묵묵부답하던 너의
하방下方의 경계에 대한 끈질긴
짓눌림이여,

마침내 9월이 오면
너는 떠나야만 하는데
내 마음속에 검은 혹처럼 남아 있을
허무의 씨앗
오, 비비추

숲은 유령처럼

7월은
거대한 암흑으로 뒤덮인 숲
덩어리

그 길로 가면 나는
포획된 한 마리의 상처받은 짐승,
머리끝에서 발끝까지 가로세로로 엉켜 드는
치명적 파국의 어중간에 서서

꼼짝할 수도 없이
다만 나는
소외자일 뿐, 한 걸음 더 나아갈 방향마저 잃어버린 채
기력도 없이 버려질
저능아

이 치밀한 계획에서 나를 구제해다오
나는 짙푸른 숲속에서 길을 잃어버린 사람
나는 빈한한 가계를 짊어지고 있는, 서투른
일꾼

제발 나는
살고 싶다, 7월의
어둡게 적시는 검은 녹음의 베일을
벗겨다오
이제 나는 저 푸르디푸른 하늘을 바라보고 싶다
오, 우러르고 싶다

풍진세상

아파트 외벽에서 도색 작업을 하던 어느 인부가
주민 한 사람의 심기를 건드려 그가 그만 홧김에
커터 칼로 밧줄을 끊어, 떨어져
숨졌다고 한다

인부는 귀에 음악 소리를 들으면서 공포의 시간을
잠시 이겨내려고 한 모양인데,
이것이 주민에겐 미친개처럼 발작을 불러일으킨, 치명적
이유

너무나도 가까운 길이 너무나도 멀리 떨어져 있기에
서로가 서로를 조금씩 안고 보살피며 가야 할 일인데도
힘없는 사람이 가엽다고 품어주는 세상이 언제나 올런
지?

깜깜한 밤하늘에 대고서 커다랗게 한 번 외쳐본다,
이 풍진세상!

4부

여백

완전히
노출된다
거침없이

겨드랑이가 올라가고
쇄골이 비친
극장에서

감각이 마비된 채 연기는
90도에서 180도로 각이
꺾이면서

황홀한 춤,
그
절정이다

입이 커다랗게 열리고
가슴은 팽팽하게 당겨지고
두근대는 두 발의 감각만이 하늘에

떠 있다

두 팔을 벌리고 더 높이, 높이 날자
죽음처럼 고요히 침묵으로
날자
다시는 돌아오지 못할 저 먼 곳을 향하여
소멸하자

지금은 생방송 중!

화면을 뚫고 사라져버린 주인공의
새하얀
여백

화음 한 줄기

하류로 흐르는
물은 계곡을 따라서
좌충우돌 흘러가는데 길을 막고 버티는 바위나
돌에 부딪힐 적마다 참을 수 없이 우르릉거리는 비명
들이
차고 넘쳐서 계곡은
숨 막히는 입
주둥이

그러다가 점차 평온해지는 하구에 이르러선
물은 소리 없이 길게 드러누울 때쯤, 어디선가 들려오는
잔잔한 화음 한 줄기
콘트라베이스처럼
흐느끼고 있는,

그렇게 인생은
흘러, 흘러내리는 것

영화 팬

스릴러 서스펜스가 넘치는 오락물과는 헤어진 지 오래,
번쩍이는 총기류를 난사하면서 지붕과 벽돌을 건너뛰는
액션물과는 아예 상종하지 말 것
공포의 블랙 버스트가 하늘과 땅을 어지럽게 광란시키는
험악한 분위기로부터 이젠
벗어날 것
헤어지는 사람과 오래오래 떨어지지 못하고 눈물 글썽
이는
그런 장면이
너무나도 좋아
그래서 난 정말 바보 같은 팬
이런 영화를 만들면 망할 거라는데
어리석고 칠칠치 못하게 기다리고 있는 한 사람, 그건
바로 나
헐떡이며 그리움 속으로 다시 빠져들고 싶어

함께 놀았다

장례식장엘 들렀다가 나오는 길,
대학병원 뒤쪽
안 보이는 곳에서 안 보이는 사람들끼리
슬그머니 만났다가
안 보이게 돌아서
나오는 길

하얀 국화꽃 한 송이 제단 위에 바치면서
먼저 떠난 친구에 대한 쓸쓸함을 가슴에다 묻고, 나도
또한
그 길을 따라갈 거라는 약속을 드리면서, 그렇지만

저녁때는 술 한 잔 함께 나눌 친구들이랑 어울리면서
얼마 만인가, 이거 참 오래되었네, 또 보고 싶은 이들과
만나서 기쁨과 탄식과 주책을 주거니 받거니 하다가
제법 취한 듯 허물어지는 내 체구에 비틀거리는 몸짓
으로
기웃거리다가, 그만
채 기억도 나지 않는 캄캄한 절벽 아래로 굴러, 굴러

서 떨어지는

　꿈속

　하얀 두개골이랑 나는
　함께
　놀았다

행복

그는 말을

더듬거린다

더듬거리는 속도에 아내의 귀가 쫑긋

매달려 있다

그의 말소리가 차디찰 때, 응급실처럼 재빠르게 달려
가는

그의 아내의 숨찬 목소리가

걸려 있다

그의 아내는 독심술을 깨우친 듯

천하의 표정을 죄다 읽어낸다

그는 더듬거리지만, 그의 아내 때문에 정말

행복하다

그는 그런 아내가 있어서, 더욱 더듬거리는지도

모른다

빗줄기 속을 헤치면서

우산은 전혀 소용없다는 듯 내팽개치는,
저 쏟아지는 빗줄기의 성난 폭력 앞에서
한사코 빗물을 피해가려는 사람들의 몸짓은 위태롭고
가냘프지만

우리는 그렇게 당당하게
걸어왔다 험한 빗줄기에 취해서
앞가슴을 풀어헤치고 힘찬 응원가를 부르듯 소리치며
험준하고 가파르게 10대를 보냈다 차가움 속에 떨리는
희망을 품으며
오기 있게 세상을 버텨온 것이다
익숙해진 과거의, 그런 기억처럼

지금 세상은 부드러워졌다 빗물이 거듭 몰아쳐도 당신
이 숨을
넉넉한 공간은 이미 자리 잡고 있는 것이다 온화한 빛
과 어둠이 빛나는
경계를 거듭 넘으며 세상은 미래를 향해서 전진하는
것이라고

말하는 신념에 찬 선배들이 있고 우리는 삭아서 빈 껍
질처럼 서걱대면서도
　이 숭고한 자유와 개혁의 정신을 믿어보고자 한다

　그렇지만 과연,
　너희들 40대의 의지는 꿋꿋하게 살아 있는가?
　10대의 욕망은 끓어 넘치는가?
　또한 20대와 30대의 꿈은 대체 무엇인가?
　무엇 때문에 사는가? 왜, 왜, 왜 살아가고 있는가?
　이런 엉뚱한 궁금증이 들기도 한다

　싸움! 이겨야 한다는 일은
　비를 피하는 것도 한 가지 방법이겠지만
　싸움에서는 반드시 정당하게 승리해야 할, 그런 믿음
이 필요한 법
　지면 안 된다! 그냥 불구덩이 속으로 빠져들더라도
　거친 사냥꾼의 엽총과 개들, 거만하고 완강한 팔뚝이
수렵을 이끌 듯
　패기 있게 맞부딪쳐서 죽을 판, 살 판 함께 극복해보

자는 것이다
　그런 뜨거운 믿음이 내 안을 적시고 있다

　그러므로 나는 숨 쉰다 부푼 허파 속으로 미농지처럼
　얇고 끈질기게 스며들 살아 있는 날,
　내 생애 마지막 기도와 그런
　염원을

셔틀콕

말갈기들이 펄럭인다, 힘차게
네 발자국이 숨 가쁘게 적진을 향하여
돌격하듯이,
희디흰 말갈기들이 하늘을 찌르면서 달리고 있는
그 모습이

하늘 아래
또 다른 하늘을 그리고 있는
짙푸른 물감 같다

퐁,
퐁,
터지는 천상의 음악 소리
높다랗게 화음이 흘러가고 있는

날아다니는 음반,
셔틀콕

굴욕

남자는 여자를 줄이려 들고, 여자는
남자를 씹어 삼키려 든다
누가 이길까
혹은 누가 질까

새파란 독성을 가득 물고서
악착스럽게 덤벼드는 거친 싸움이
지금부터 당장
시작이다

눈초리들이 매섭게 번쩍거린다
붉은 깃발이 동쪽을 향하여 진격하는가 하면
푸른 깃발은 서쪽을 향해 돌진한다

둥둥, 둥둥둥둥,
험악한 북소리들이 터져 나오고
일순간 넘어지지 않으려고 굳세게 버티어대는
목숨들이 시퍼렇게 살아 있다

오,
참혹한 비명처럼 울리는 세기말의 죽음들이
서로를 끌어안은 채 무덤 위에
또 다른 무덤을 짓고 있다

커다란 굴욕이 새겨진 나의
검붉은 가랑이 사이거나
또는 당신의 욕망이 꿈틀거리던 가슴 한쪽에서
뭉게뭉게 피어오르고 있는,

우리는

아마존의 슬픔

적이 나타나면
숨어라
거대한 밀림의 숲속으로 뛰어들어

너희들 존재는
불확실한 처소에 머물러 있게 하라

그리고는 결코
나타나질 말라
적들은 주야간 촬영 장비를 갖추고서
어둠을 샅샅이 파헤칠 것이므로

은둔하라
바깥세상에다 몸을 드러내지 말고
스스로가 자신을 지키기 위해 선택한
완벽한 고립을 실천하라

점점
적들이 가까워지고 있다

방어의 화살을 높이 쳐든 열대우림의
전사들이 물러서서는 안 될 표정으로
완강하게 버티고
서 있는

이들 최후의
땅,
거룩한 성지

슬픔이 얼굴을 덮고서

수염이 부르르 떨린다

수염 속에 박혀 있는 흰 얼음처럼

살의는 굳어지고, 또한

녹는다

가혹하리만치 참아내야 하는 이 고통과

슬픔,

어금니들이 부딪치면서 시퍼렇게 운다

결연한 심사로서 가슴을 열고

엎드려 빌어보는 삼백예순 닷새의 마음,

진부하게 허송세월이 떨어진다

차디찬 얼굴, 수직의 비, 비는

부서지면서 나의 빈 얼굴을 덮는다

까마득하게, 시리고 시린

손처럼

비둘기 죽음

차가운 손이 얼어붙은 듯 날씨는
참혹했다
그 겨울 아침, 골목길을 지나다가
하수구 위에서 비둘기 한 마리가 주둥이를 쳐박고
죽어 있는 걸 보았다
끔찍한 장면이었다

비둘기는
이 세상 신비한, 녹색 공간에서 목숨을 거둘 줄을
알고 있었는데
그게 아니라 바로 지금
하수구 위라니!

그 아래 하수구 쪽에서는
어떤 따스한 바람 한 줄기라도 불어오고 있던가,
차디찬 그대의 몸을 어루만져 줄 하얀 수증기가 뿜어
져 나와
가늘고 야윈 목줄기를 감싸 안아주던가,
아니면 이미 더 날 수 없이 죽음이 눈앞에 다가왔으므로

선택한 곳이 하수구였는지를
내야 알 수는 없지만,

비둘기는
죽어서도 눈부신 비상을 멈추지 않을 것이라는 믿음이
내 마음속에 단단히 자리 잡고 있었으므로
하수구 참사는 정말
떠올리기 싫었던 일

골목길을 지날 때면
현실과 이상의 짝이 너무나도 크게 벌어져서
기막혔던 그 겨울 아침 풍경이
회색빛 자막처럼 그렇게
떠오른다

두 손에 대하여
— 서양화가 최용대의 화폭을 보며

그에게는 소신이
뚜렷하다
누구도 그의 뜻을 가로막질 못한다
그가 제멋대로 하는 그대로
내버려 두어라
그의 자유는 끝없이, 무한하게도 충돌할 것이므로,
나는 그의
미완의 새 캔버스를 믿는다

그는 늘 쉬지 않고
움직이면서
새롭게,
한 번 더 새롭게 부딪쳐 볼 대상을 향하여
끊임없이 고뇌하고
추구하고
반성한다

오,
꿈꾸는 그의 두 눈이

너무나도 깊다
푸르고 푸른
절망처럼

영변의 약산 진달래꽃

영변 약산에는 진달래꽃이
활짝
피어났다지요?
그 옛날 우리 사랑 헤어질 때는
사뿐히 즈려 밟고 가시옵기를
눈물로서 애달프게 빌고 또 빌었지만

약산의 진달래꽃은
이제는 핵무기 제조시설에 그냥 파묻힌 채
아름 따다 가실 길에 뿌리기에는 너무나도
깊고 깊은 상처의 꽃잎이 되지 않았을까,
싶네요

영변의 약산
그 진달래꽃은
그냥 그대로 아름답게 피어나야 할
우리 사랑 지극한 순애보의 상징이었던
것을

이젠 그 말
믿어도 될까요?

* 영변에는 향적산, 오봉산, 북장대, 약산 등이 있다고 함.

오, 일곱 개의 포도 잎과

흐른다
아득히 흘러서
넘친다
속살을 파고들며
부드러운 뿌리를 간질이면서,
5월을 부드럽게
당신도 부드럽게
나도 부드럽게

우리는 녹는다 달콤하고, 순수하게, 또는 낭만적으로,
물결을 만든다 그윽한 화음이 포도밭을 온통 술렁거리
게 한다
오, 일곱 개의 포도 잎과 마디는
거만하게 피어오르는 이 땅의 열매
이 땅의 과거, 그리고 이 땅의 미래,
끓어오르지 않고서는 견딜 수 없는 생명의 환희를
기쁨으로 터뜨린다, 포도밭 송이 송이마다 가득 물결
을 채우면서
나는 이 열의를 끝까지 지키리라

숨 막히는 애정으로 포도밭 넝쿨마다
빛나는 사랑을 퍼부으리라

음악이 흐른다
모차르트 교향곡 제41번 C장조가
흘러내린다
숲속의 마녀처럼 일어나 나는 춤을 추리라
초록빛 바다가 황홀하게 넘실대면서
거대한 핵심처럼 부풀어 오른 바다를 끌어안는다

오오, 눈부신 새 아침

서정시 속의 리얼리즘

이 수 익

나는 사물 속에 하염없이 던져져 있다고 생각한다. 크게 기분 나쁠 것도 없고, 또는 크게 투정 부릴 일도 없이 그냥 그렇게 사는 게 희망인 것처럼, 그렇게 살아간다. 나의 일과는 대체로 정해 있다. 나는 다소 느릿하게 움직이면서 또 다른 하루를 겸허하게 받아들인다. 나는 가끔 심심할 때가 있다. 그러면 나는 거울 속을 들여다본다. 거울 속의 나는 정직하게 팔십을 바로 앞둔 나를 꾸밈없이 있는 그대로 보여준다. 나의 머리카락부터 이마, 얼굴, 가슴, 배, 손과 발 등이 하얗게 드러난다. "그래, 내 나이만큼 늙었지. 늙는다는 것은 순응하는 것이라니까, 틀림없이 내가 있어야 할 그 자리에 내가 있겠지. 어떤 사람들은 늙음을 거역하기라도 하듯 몸매에 신경을 쓰는 이들도 있는데 나는 손등에 드러난 주름들을 껴안고서라도 열심히 살아갈 거야."

그리고 이번에는 내가 쓰고 있는 시에 대해서 간략하게 생각해보기로 한다. 나는 지금까지 절제된 정서와 명징한 이미지, 따스한 관념 등에 의해 작품을 써 왔는데 후회하질 않는다. 조금씩 나이가 들면서 우리들 인간에 대한 고통과 불행을 시로서 표현해보고자 하는 데 관심을 가지게 되었다. 없는 사람, 소외된 친구, 상처받은 이웃들이 그 대상이었다. 이번 시집에 실린 「생존」을 한 예로써 들어본다.

악에 받친 듯이
독을 품고 커다랗게 입을 벌린 족속, 아귀
아귀는

죽여 달라는 것이다
아니, 살고 봐야겠다는 것이다

낚싯대에 걸려든
이 치욕스러운 순간이
허망하게 단 한 번 칼질에 쓰러져
버리기에는

너무,
너무나도 억울해!

강한 이빨로 생존을 위하여 몸부림치고 있는
경골어류
한 마리가
하얗게 악을 쓰면서 소리치고 있다, 병원

중환자실
그 어느 자리에서인가
40대의 젊은 가장 한 사람이,

그러니까 내가 주목하는 것은 바로 그 40대의 젊은 가장으로서, 무섭도록 삶에 억눌려 있는 안타까운 모습이 '바로 나, 또는 우리들의 모습'이기 때문이다. 주위를 한 번 돌아보자. 현실적 가난과 고통에 숨죽여 소리치지 못하는 사람들이 여럿인데 누가 그들의 상처를 안아주고 보살펴 줄 것인가.

그러니까 아귀는 "강한 이빨로 생존을 위하여 몸부림치고 있는" "하얗게 악을 쓰면서 소리치고 있"는 이들의 실존적 삶의 비극적 현장이 될 수 있다.

또한 이번 시집에 실린 「풍진세상」은 비정한 이 세상을 향하여 소리치는 거친 항소장의 의미를 가진 것이라고 해도 좋을 것이다. 그것은 정당하지 못하게 자신만의 욕망을 헛되게 추구하는 이들에게 외치는 우리들의 거침없는 주문이 아닐까, 그렇게 생각한다. 잠시 「풍진세상」을 살펴보자.

아파트 외벽에서 도색 작업을 하던 어느 인부가
주민 한 사람의 심기를 건드려 그가 그만 홧김에
커터 칼로 밧줄을 끊어, 떨어져
숨졌다고 한다

인부는 귀에 음악 소리를 들으면서 공포의 시간을
잠시 이겨내려고 한 모양인데,
이것이 주민에겐 미친개처럼 발작을 불러일으킨, 치명적
이유

너무나도 가까운 길이 너무나도 멀리 떨어져 있기에
서로가 서로를 조금씩 안고 보살피며 가야 할 일인데도
힘없는 사람이 가엾다고 품어주는 세상이 언제나 올런
지?

깜깜한 밤하늘에 대고서 커다랗게 한 번 외쳐본다,
이 풍진세상!

그러니까 서로에게 가까운 길이 너무나도 멀리 떨어져
있다는, 이런 자기기만의 착각과 무질서한 혼돈 속에서
자유, 사랑, 평등이란 어떤 개념인지 진지하게 한 번 물
어보고 싶다. 세상은 점점 험악해지고 눈빛 한번 마주쳤
다고 싸움 거는 이 판에, 그래도 시인은 영원히 구원의
나팔수가 되어 하늘 높이 천상의 음악소리를 들려주어
야 하지 않을까.
　그리고 이제 나는 가지고 '있는 자와 가지고 있지 않은
자'의 관계를 "완성된 성곽"에 대고 비유하면서 "외면을
치장처럼 휘날리"고 있는 이 모순된 현실에 대한 고백을
하고 싶다. 서정시 속의 리얼리즘, 그것은 「나의 자유」처

럼 오래오래 펼쳐질 것이다.

　　저 집들은
　　구중궁궐이다
　　우뚝하니 서서 아래쪽을
　　아득히
　　굽어보고 있다

　　나는 저 집 밖을 기웃거리지 않으리라
　　고개를 꼿꼿이 세우고서 엄숙한 채
　　지나가면서 다시는
　　뒤돌아보지 않으리라, 무정하게도

　　성북동 또는 한남동 근처에 있는
　　완성된 성곽처럼 하늘을 높이 받들고 있는 집들은
　　과연 민주주의적이다, 가진 자와 안 가진 자를
　　뚜렷하게 구분하려는 듯
　　그들만의 세련된 기품과 차가운 냉정함을
　　깊이 유지하려는 듯이,

　　나는
　　눈먼 개처럼 멀리 떨어져서
　　지나온 길들을 따라서 거듭 전진할 것이다
　　나의 자유가 바로 거기에 있다는 듯,
　　외면外面을
　　치장처럼 휘날리면서